한실문예창작 동인지 제10집

처음 사랑

처음 사랑

1판 1쇄 : 인쇄 2015년 7월 06일
1판 1쇄 : 발행 2015년 7월 10일

지은이 : 한실 문예창작
펴낸이 : 서동영
펴낸곳 : 서영출판사

출판등록 : 2010년 11월 26일(제25100-2010-000011호)
주소 : 서울특별시 마포구 서교동 465-4, 광림빌딩 2층 201호
전화 : 02-338-0117 팩스 : 02-338-7161
이메일 : sdy5608@hanmail.net

그   림 : 박덕은
디자인 : 이원경

ⓒ2015 한실 문예창작 seo young printed in seoul korea
ISBN 978-89-97180-46-2 04810
ISBN 978-89-97180-00-4(set)

한실문예창작 동인지 제10집

처음 사랑

2015 · 서영

머리말

   1989년 1월에 문을 연 한실 문예창작은 2015년 올해까지 26년 동안 306명째 작가를 배출했고 100여 권의 작품집을 발간했다.

   이처럼 싱그러운 열매들을 바라보면서 동인지의 호숫가를 거니는 이 기분, 이루 말할 수 없이 행복하다.

   21세기가 점점 거칠고 계산적이며 자기중심적으로 흐르고 있는 현실에서, 다채로운 감성, 아름다운 감성을 찾아 떠나는 문예 창작의 오솔길은 생각할수록 더 깊은 의미와 가치를 지니고 있다고 여겨진다.

   우울증과 불면증에 시달리는 이 시대에 창작 생활은 지친 우리 현대인들에게 소중한 돌파구를 제공해 주리라 믿는다.

   한실 문예창작의 여러 문학회가 평생 창조적 생활을 하여 기쁨과 행복을 찾아가는 문우들로 가득하길 소망해 본다.

앞으로도 창작의 발걸음들은 잠시도 멈추지 않고 낭만 속에서 전진에 전진을 지속할 것이다.

가다가, 호수나 오솔길을 만나면 봄햇살처럼 쉬어 가면서, 오순도순 정담을 나누며, 가치 있는 정서의 세계, 향그러운 의미의 세계로 끄덕끄덕 나아갈 것이다.

지금까지 함께해 준 한실 문예창작 문우들의 아름다운 향기에 아낌없는 박수를 보낸다.

정말 멋지다!

        - 어여쁜 방울토마토가 방실거리는 텃밭에서
        한실 문예창작 지도 교수 문학박사 박덕은

차 례

1장

2장

3장

제1지부 향그런 문학회

제2지부 부드런 문학회

제3지부 둥그런 문학회

제4지부 싱그런 문학회

제5지부 포시런 문학회

제6지부 길스런 문학회

제7지부 멋스런 문학회

제8지부 성스런 문학회

제9지부 탐스런 문학회

한실문예창작
회원

검불 김미경

격투기 변성재

고시랑 류창표

고운빛 이명희

골드선명 명금자

구절초 방순희

그레이스 전숙경

금향 조금주

기타짱 박인순

꽃방울 최길숙

꽃이슬 국나현

꽃햇살 김윤성

꽃향기 장해진

석이다 김강석

꿈곱하기백 배종숙

꿈꽃 김혜원

꿈너머꿈 김미선

꿈소년 김복섭

꿈송이 박금자

나래 정선화

나루터&휴 이효선

나무 임진숙

월암 이상순

노란낭만 이후남

높은음자리 김태현

단아 정경옥

달팽이 김효순

대나무 김민수

대포 최무열

도라에몽 김인균

도요새 나명엽

동키짱 김관훈

들꽃향 김문순

땅콩 손수영

미중물 김인숙

물망초 이인환

미소 김종희

선한꿈 민선희

바람 박미향

동그라미 전지현

별꽃향기 정회만

별당아씨 전상문

별이로다 서동영

봄햇살 김유미

빈하수 최승벽

빛방울 정점례

사랑꿈 황조한

산유화 이화연

새아씨 김정순

선머슴 박용훈

성자마리아 문성자

희 황혜란

소냐 장순자

솔방울 박현옥

솔송바람 김선자

솔숲 이은정

수니 김성순

수선화 김양주

수학짱 박관우

순정파 김순정

숲속의공주 김미경

쉼표 윤희정

스스로 김이향

스틸리아 임희정

시암골 최세환

신세계 설미애

라벤다 이주아

아브라카 권명안

아이비 김숙희

아정 김영순

야나 유양업

엔젤 김남희

연꽃혜숙 윤혜숙

예와 박계수

오로라 강현옥

운거 이호준

웃는달성 정달성

웅고 조정일

유리맘 전금희

은계 류광열

은달빛 정예영

은빛나래 이기순

은하수 권태순

자미와 이영재

전설의영웅 박봉은

조약돌 정영남

진주 고명순

첫사랑 김부배

청강 류명희

청라 오경심

청보리 이남순

청사초롱 고영숙

청포도 정순애

청화 권자현

초곡 최기숙

초롱꽃 최선화

초종교 권태희

치우 신명희

칼라판 형시원

큰언니 김명희

토끼마녀 정은희

튤립 김숙자

푸른호수 황애라

풀방구리 이미자

플로라 김송월

핑크마마 이혜정

하늘빛 정혜숙

하늘새 윤성주

하늘소녀 차은자

함박웃음 장종섭

해꽃 이지윤

해당화 전춘순

해바라기 김순희

해피마마 정혜련

행복녀 이미선

항배달 임렬아

헌책 장헌권

호수 김영자

홍어 신흥우

화원 한승희

2014년 시화전

2014년 신인문학상 시상식

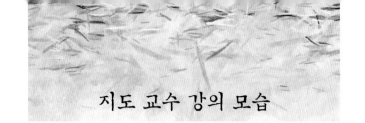

지도 교수 강의 모습

1장

박덕은 作 [봄길](2015)

당신

ㅡ 강현숙

창공에
썼다 지우는
바람 닮은 이야기

굳게 다문
낱알의 쓸쓸함으로
매달려 있다

무어라 말하는 찰나
사연들이 와르르
쏟아질 것 같다

여전히
입술은
굳게 닫혀 있고

속절없는 세월만
그 두께만큼
아픔의 똬리 틀고

아스라한 바람길을
그저
바라보고만 있다.

박덕은 作 [이야기](2015)

휴가

- 고명순

주섬주섬 배낭 속에
여유 채우고
달콤한 시간 속으로
걸어간다

오늘만은
활짝 핀 꽃이 되어
맘껏 태양을 즐기고
실컷 초록을 마셔 보자

큰 대자로 누워
하나둘 별을 세면
모깃불은 토닥토닥
어둠을 밀어내고
추억은 소담소담
가슴에 채워진다

두고 온 일상은
아직도 가방 안에서
기웃대는데

눈짓은
애써
모른 척한다.

박덕은 作 [달콤한 시간](2015)

문덕 벚꽃

비밀스레 발설한 연문이
물빛 따라 긴 터널로 늘어져
허공 부르트게 멍울진 울렁거림
심연 깊숙이 화음으로 너울거린다

스물셋 시집오던 날처럼
달콤히 부풀던 첫정
콩닥거리며 꿈꾸던 신혼방
질긴 연분으로 맺어져
사태지게 우려낸 꽃물 꽃물

시리게 높아지는 그늘 아래
그림자도 없이 건너뛴
주름 깊은 세월 딛고 선
오늘의 나

설렘의 추억 켜켜이 쌓아두고
귓불에 스친 한 솔기 바람에도
불태우며 쿨룩대던
한바탕의 낙화여

황망히 져 내릴 빛깔

하늘 끝 외로이 펼쳐놓고

봄덫에 갇혀 숨막힌 한순간의 고백이여.

박덕은 作 [물빛 따라](2015)

소금꽃

여명의
수평선 너머

해풍으로 달려오는
거치른 파도 속
뱃고동 울음

그리움 따라
해살거리는 물새 떼

넘실대는 밀물 타고
언제쯤 오시려나

옹송옹송
반짝이며 누운
천년의 향기.

박덕은 作 [수평선 너머](2015)

황소의 귓속에 누가 속삭여 왔을까

- 김관훈

그 아이는 황소의 귓속이 꼴 먹일 때부터 궁금했다
처음엔 거기에 달팽이가 기어들어가 웅웅거리며 사는 것으로 짐작했다
개울가 풀잎을 훑으며 헛바닥 늘어뜨리고
되새김질하는 녀석의 웅알이에 귀기울였고,
겨우내 언 땅을 엎어 광이 나는 봄볕 어깨 위 쟁기가
죽비 맞는 템플 스테이 학생처럼 눈빛에 들어왔다
술 마시는 아버지의 눈물처럼 한평생 그의 노래는
누구에게도 들려지지 않았다
할아버지의 손놀림에 꼬뚜레 걸던 송아지 시절의 절규가 생각난 걸까
그의 귓속에 누가 속삭여 왔을까
살짝 움츠렸던 두 귀를 방긋이 폈다 오무렸다 반복했다
이제 그의 귓속에 늙디늙은 달팽이가 자리잡고 앉아 있나 보다
외양간 여닫는 아버지의 마음은 탱자나무 초가집 굴뚝 연기 되어
앞마당 살굿빛 나뭇가지에 그의 빛나는 노래를 매달아 주었다.

박덕은 作 [황소](2015)

아들

- 김미경

까맣게 물들이며 놀다가
개미허리만큼 하루가 짧다고
한여름을 원망하는
너

'컥~'
닫혀 버린 방문 앞에 서서
너를 본다

하품 속에 담귀진 숙제 밀쳐놓고
곧바로 달콤한 휴식 취하며
졸음의 아늑한 거리 앞에 선
너

샛별보다 더 영롱한 정답지와
친절함으로 무장한 해설집도
컥 닫혀 버린 너의 방문 앞에서는
아무 소용이 없구나.

박덕은 作 [달콤한 휴식](2015)

왕버들

활짝 팔 벌린
너른 품속

팔랑팔랑
날아든 아기새들

그늘 아래 앉아
쫑긋쫑긋.

박덕은 作 [왕버들](2015)

어화둥둥 내 사랑

달콤한 느낌 속에
아련히 떠오르는
그대여

애틋이 바라봄이
얼마나
사랑스러운지

눈에 선한
그리움
자꾸 자꾸 깊숙이

그대의 온전함과 차분함이
내게는
눈에 선한 신뢰와 격려

지나가는 세월 속에
헛되지 않게 아끼고 가꾸어
늘 내 안에 있어

48
동인지 제10집

눈뜨면 생각나는
그대 있기에 오늘도
입가에 미소 지으며

이제는
그대와 나의 봄이
사랑을 꽃피워 머금고 있어라.

박덕은 作 [어화둥둥](2015)

어떤 이주

- 김선자

산소통과 산소마스크 벗으면
내 허파는 이 행성의 산소만을 걸러낼 능력을 잃어간다
코와 입의 기능은 산소여과기일 뿐
온몸이 정지 상태로 들어가기 전까지
망막의 초점이 흐려지지 않게
눈꺼풀을 닿았다 열 뿐
이곳 행성에서의 시간, 밟았던 거리,
그리고 모든 소멸하는 것들까지
스캔 되어지는 기억들을 D드라이브에 옮기고
비로소 포맷하려 한다
신의 손에서 시작 버튼이 눌러지기 전
내 눈동자까지
하늘의 C드라이브에서 읽힐 수 있기를
나의 부재를 부디 읽어 주길
모든 상실은 그저 시작일 뿐
행성에서 행성으로 거처를 말없이 옮기는 중일 뿐
신의 길을 따라 우주의 별들 유랑하듯 거치면
본향에 닿을 일이다
그리움처럼.

박덕은 作 [어떤 이주](2015)

진실

시간이 버벅이고 지나가니
차가운 바람이 스쳐간다
밤하늘 별똥별이 뚜두둑
무지개 다리 건너면
꿈의 향연 기다리던
보고픔이
전시회장 수채화처럼
쓰러진다
달콤한 은빛별도 반짝이다
사라진다.

52
동인지 제10집

박덕은 作 [수채화처럼](2015)

섬

— 김숙희

동동거리던 침묵은
비껴간 인연의
사슬에 묶여 허우적대는
물집까지 터뜨려

다시 싹 틔운
연민의 눈물
그 언저리에서

한세상 다하도록
고독한 운명 보듬고
괴로워했다

그리움의 통증이
절절한 詩가 되어
허허로움 꿀꺽꿀꺽
삼켜댈 때까지.

박덕은 作 [섬](2015)

장 담그는 날

- 김순정

정오에 잠깐 들린 투명한 햇살
창살 사이로 사뿐사뿐

함께 하얀 스카프 쓰고
순백의 마음으로 앉은
손놀림은 설렘으로 즐겁기만 하다

넘실거리는 맑은 물에
보송보송 은구슬 소금은
제 몸 풀어 낮아지고

메주 사이 곰팡이 싹싹 문질러 목욕시키면
뽀얀 살갗 알몸 항아리 속으로 웃으며 솟구치고

대추 고추 숯덩이 고명으로 꽃밭이 되면
서로가 어우름으로 맛을 내며 익어간다.

56
동인지 제10집

박덕은 作 [장 담그는 날](2015)

사월

기다림을
한 바퀴 돌아 나오면
은밀한 이야기가
봄앓이한다

겨우내 쌓인
그리움의 속살이
연둣빛 촉수
톡톡 간지럽힌다

야들야들한 몸짓이
메마른 가슴을
상큼한 전율로 적신다

온몸에 머금은 물기는
푸르름의 덧니 내놓고
생긋 웃는다

먼발치에서
산빛 바라보다가

손사래로 화들짝 포옹한다.

박덕은 作 [사월](2015)

사월이여

– 김영자

초롱초롱
바람꽃으로 날아오르더니
하늘빛 바다에 갇혀 버린 울음소리여

홍역처럼 앓다 앓다 꽃가지 끝에
지천으로 피어나는 노오란 그리움이여

애끓는 염원에는
끝내 돌아오지 못하는 소라의 눈물이여

물살에 씻긴 조약돌처럼
파르라니 깎은 머리여

진실을 잃어버린 꼭두각시놀음에
갈기갈기 찢긴 새벽이여.

박덕은 作 [바람꽃으로](2015)

여름달

- 김유미

가끔은
외로움을 타나 보다

천리 밖
아득한 이곳에

상기된 얼굴로
나지막이 내려와

쓰르라미 소리 벗삼아
더위를 식힌다.

박덕은 作 [여름달](2015)

늦가을 산책

- 김은숙

가을바람에
낙엽 지는 소리가
황홀하다

길을 걸으면
무심히 마주치는
가을 타는 소리도
따로따로
걷는다.

박덕은 作 [늦가을](2015)

나무

― 김이향

꿈을 이어 머리가 하얗다
옛날처럼 싹이 불쑥거린다
가지들이 발돋움하며 세월을 키우고
단단함을 껴안은 푸른 정맥이 자욱을 남기니
물먹은 눈에 하늘 하나 옮겨온다.

박덕은 作 [나무](2015)

시간 좀 가져다 주면 안 되겠습니까

오늘도 고래의 그 슬픈 울음소리를 들었다
방향이 없다
바닥엔 끊어진 팔이 나뒹굴었다

먼지가 수북이 쌓여서
그것을 못 본 채로
거울 앞에 섰다

지느러미가 비쳤다
눈 내리는 바다에서
고래는 먹먹하게 부르짖었다

팔도 다리도 없이 몸뚱이만 남아
시커먼 바닷속에 쓰러져
펑펑 울었다.

박덕은 作 [울음소리](2015)

산골 나그네

- 김혜원

걸어도 끝이 없구먼
앞서가는 양반
길 한번 물읍시다

연분홍 도화가
만발하는 그곳은
어데로 가야 한단가

안개가 자욱하여
내 눈이 멀었으니
어찌 길을 안다고 하겠소

이 안개 걷히걸랑
그때 한번
물어보소

낮은 웃음
지으며
뚜벅뚜벅

정처 없이
걸어가는
슬픔이여

신명나게
퍼지는
곡소리여.

박덕은 作 [산골](2015)

겨울나무

- 나명엽

바람도 없는 매서운 밤
달 아래 나즈막이 울고 있다

나목이 되기 전까지는
홀로 서 있는 줄 몰랐다

흰 눈이 몸 위에 얹혀서야
외로움에 사무쳐 진저리친다

가지 끝에 대롱거리는 이파리 하나
찬바람에 질긴 하소연 한다

얼마나 혼자
이 백야를 버텨야
기다림이 영글까

어디까지
또 기다려야
여명을 볼까

언제쯤 아득한 숲 헤치고
눈 녹는 개울을 건너오는
가지런한 기다림 만날까.

박덕은 作 [기다림](2015)

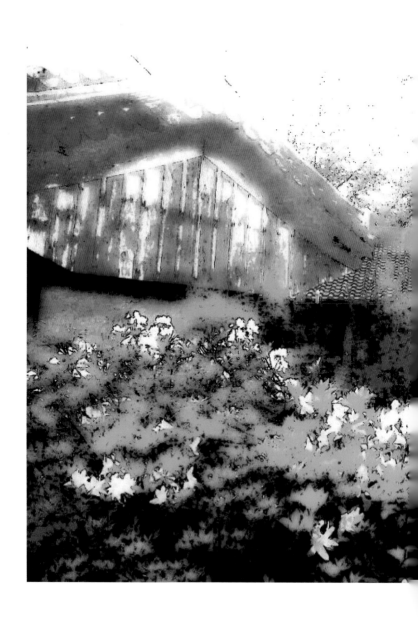

박덕은 作 [바라봄](2015)

봄비

소리 없이
세레나데 부르며
살포시 찾아와
잠든 창을 두드리는
그대는 누구인가요

꽃망울에
다소곳이 입맞춤하는
그대는
잊혀진 첫사랑의 노래인가요

뚝뚝 떨어져
핏빛으로 애타는
꽃잎의
못 잊을 님의 눈물인가요

그대 품에
안기고 싶은
애끓는 나의 마음인가요.

박덕은 作 [세레나데](2015)

사색

- 박금자

그냥
걷고 또 걷는다
옆 둘러볼 새 없이

머릿속엔 돌덩어리
이고 지고
뚜벅뚜벅

땅만 벗삼아
하나둘씩
추억 내려놓기 위해

백지장 된 머릿속
또 다른 이야기로
채우기 위해

수채화 그리듯이
서서히
밑그림부터.

박덕은 作 [사색](2015)

꽃잎

- 박미향

고운 속살 올려
환하게

춤추는 바람결에
이리저리

속삭임에
떨리는 가슴

애써 진정하고
돌아앉는다.

박덕은 作 [꽃잎](2015)

왜 그런지 몰라

- 박봉은

기나긴 겨울잠 자고
방금 깨어난 것 같아
온몸에 생기가 돌고
깊은 가슴속 한쪽 텃밭에서는
싹이 막 돋아나려 해

바람의 발자국 소리에
하루 종일 먼지만 날리던
오랫동안 바싹 말라 있던 샘물이
조금씩 젖어들더니
이제는 졸졸졸 흐르기 시작했어

하늘에 구름도 걷히고
눈부신 햇살부스러기들이
온 천지에 날아다니고
파란 하늘 속살이 다 들여다보여

그동안 전혀 맡을 수가 없었던
꽃내음이 진동하고
오래도록 보이지 않았던 무지개가

산모롱이를 아름답게 물들이고 있어.

박덕은 作 [바람의 발자국](2015)

아동병원에서

- 박현옥

병원을 찾았건만
선생님은 어디 있는지

콜록
콜록
콜록

엄마도 아빠도
간절한 마음으로 기도하건만

콜록
콜록
콜록

환한 미소 밝은 웃음
멀리멀리 울려 퍼졌으면

콜록
콜록
콜록.

박덕은 作 [간절한 마음](2015)

어머니

- 배종숙

그리움에 머물다
쌀쌀거리는 바람결에
낙엽에 뒹굴고
떠오르는 그 모습
바싹바싹 달덩이 같은
보고픔이 된다

그리움에 파묻혀
일렁이는 회오리바람도
은빛 물방울 불러 모아
눈가엔 살그랑
고운 눈물 맺힌다

봄 여름 가을 겨울 왔다 가도
사무치는 가슴
눈 감으나 뜨나
멍울 터진 가슴에
사연만 남는다
맑은 영혼의 숨결처럼.

박덕은 作 [보고픔](2015)

세월

- 서동영

바람은 숲에 울고
비는 가슴에 내린다

추억을 붙잡아 매지 못한
멈춘 시간 위를 헤매는데

오늘도 뒤뜰의 해당화는 붉게 피어오르고
푸른 하늘엔 무심한 바람만 분다.

박덕은 作 [세월](2015)

아내

보이지 않는 것처럼
살고

힘들어도
내색도 못하고

늘 그 자리에서
열심히 사는 꽃.

박덕은 作 [늘 그 자리](2015)

4분의 4박자 벚꽃이 피기까지

- 손수영

달빛 속에서도 울부짖던 신음 소리,
안개 낀 새벽을 자맥질하다
눈부신 그리움의 오늘을 연다

꼬리 문 가락들은
마디마디 숨소리 채우며
빽빽한 춤사위 선물한다

풋풋한 연정, 간지러운 속삭임,
새 신 신은 음률 따지지 않고
뿜어대는 추임새는 어우러져
하냥 세상 향해 향내음 풍긴다.

박덕은 作 [눈부신 그리움](2015)

바다가 보이는 산동네

- 신명희

이따금씩 돌모퉁이
들꽃들의 마른 기침들이
듬성 듬성 흔들리며 허물어지는 서녘

비좁고 촘촘히 나 있는 돌계단은
긴 그림자를 이끌고
구불 구불 어디로 가는 걸까

장돌뱅이 사내와
그를 세상에서 가장 든든한 미루나무 숲으로
여기며 살아가는
아이들을 만나러 가는 걸까

치렁 치렁 휘어진 길
한참을 오르고 또 오르고
그렇게 목마르게 오르내려야 하는
낯익은 숨결들이
생의 모든 길로 통하는 유일한 꿈이라 믿으며
순하게, 그러나 눈부시게

버들강아지처럼 기다리고 있던
아이들을 따라 올라가면

맨 꼭대기 집 좁은 마당엔
푸른 수평선이 넘실거리며 펼쳐져 있고

아이들은 아이스크림 대신
바다 한 움큼을 쟁반에 담아 내민다.

박덕은 作 [산동네](2015)

새소리

- 신흥우

우거진 숲속에
사랑을 전하는
청아한 멜로디.

박덕은 作 [숲속](2015)

고향

기다림에 지쳐
허기진 울음소리
처연하게 들려오던
해거름에
소쩍새 된 며느리
소쩍 소쩍
슬피 울던 마을

땡볕이 뉘엿뉘엿
서산에 걸리고
날파리도 날개 접을 즈음
돌아오던 무거운 발걸음처럼
이제는
전설이 되어 버린
어머니의 힘들던 여름.

박덕은 作 [고향](2015)

복된 죽음

— 유양업

사랑의 눈으로
곱게 곱게 살았던 님

속울음 있으련만
무릎 꿇고 귀 열어

뿌렸던 씨앗
땅 위에 꽃이 피고
열매 맺어

웃음 담아 아내 품에
고요히 잠들었네

반짝이는 순수꽃
꽃 한 송이 없이
실험실로 떠나갔네

그 향기
그 따스한 눈길
다시 볼 수 없어

마음자락 서럽게
한없이 흔드네.

박덕은 作 [복된 죽음](2015)

기억력 상실

- 윤희정

귀퉁이 한 조각에 얽힌
혼돈에 붙잡힌다

제한된 생각만 허용하는
기억의 굴레

만나서는 안 되었던
크고 작은 아픔들이
메두사의 웃음으로 다가온다

눈물보다 더 무거운
웃음의 옆얼굴

잊을 수 없는 것들이
잊혀져
그림자로 돋아난다

그 뒤를 한 발자욱쯤
떨어져 따라가며

가슴 밑바닥에 걸려 있는
기억이 환해질 때까지
그림자를 마신다.

박덕은 作 [작은 아픔](2015)

포시런 문학회

- 이기순

마음 한켠에 자리했던 동경심이
가까이 다가왔던
어느 날

음성도 눈빛도
낯설고 어색한 자리

평범한 듯하나
결코 평범하지 않은
그들

나의 무딘 감성도
깨워줄까.

박덕은 作 [동경심](2015)

겨울 목련

- 이명희

칼바람에 후두둑
푸른 그리움 떠나보낸 뒤

솜털같은 수줍음
봉긋 내보이더니

하루
또 하루

눈보라 속에서
하얀 순결 키워 간다

계절의 추억
속 깊이 간직한 채.

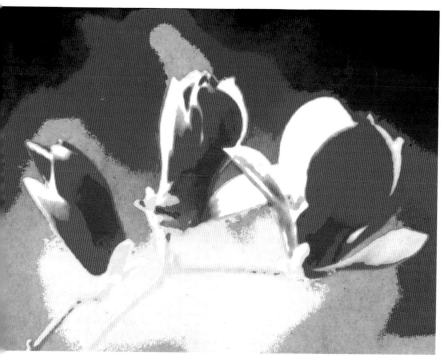

박덕은 作 [목련](2015)

오직 너와

생애 마지막인 것처럼
사랑을 나누리

활활 타올라 꺼질 줄 모르는
불 같은 사랑을

온 마음 온몸으로
전율하는 사랑을 나누리.

110
동인지 제10집

박덕은 作 [오직 너와](2015)

가을이 오면

- 이영재

느껴 보고 싶다
놀란 가슴 쓸어내리고
코스모스의 진한 감동
느껴 보고 싶다

시인이 되고 싶다
낙엽과 노을 바라보면서
가슴으로 낭만을 표현하는
시인이 되고 싶다.

박덕은 作 [가을이 오면](2015)

찻집

- 이은정

밤안개 뿌옇게 피어오르는 시간
시름의 어깨 내리며
자리잡는다

보글보글 정겨움이 끓어오르고
돌아가는 다기 잔은
삶의 깊이를 새김질하듯 놓여지고

또르르 흘러내리는 찻물은
수많은 시간 거슬러 온
사랑의 향 내뿜는다

눈으로 먹고 입안 가득
비우고 채우고 하는 사이
다향 스민 자연이
가슴 안으로 들어온다.

박덕은 作 [찻집](2015)

물망초

출입금지란 나무 빗장 옆으로
살짝 비집고 들어서면
푸른 연잎이 떠 있는
조그만 연못가 물속에
예쁜 청개구리와
작은 물고기들을 벗삼아
외로움 달래는
내 닉네임이
기다리고 있어요

그와 나의 뜨거운 입맞춤의
숨결은 떨리고
가슴속 눈물은
꽃잎에 뚝뚝 떨어져
만남과 이별의 기쁨과 슬픔이
소리 없는 통곡으로
함께 울어요.

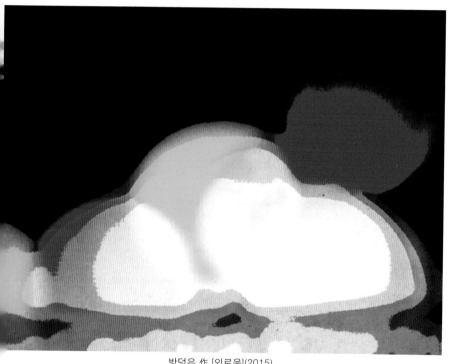

박덕은 作 [외로움](2015)

담

- 이지운

머리까지 높이기도
바닥까지 쳐내기도
쉽지 않아

차곡한 상흔 위
침묵의 단절
하늘 향해 높고

허전한 마음만
자꾸 자꾸
넝쿨되어 기어오른다.

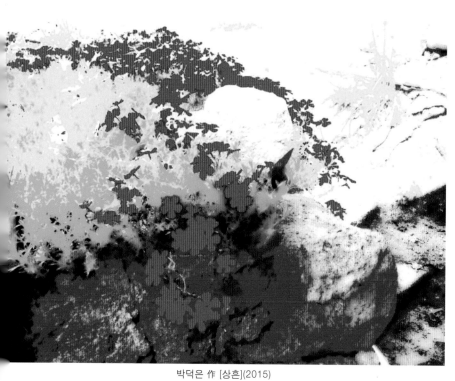

박덕은 作 [상흔](2015)

처음 사랑

- 이혜정

움츠렸던 수줍음이
고개를 내민다

작은 시선의 떨림
못내 아쉬워
붉은 얼굴을 숨긴다

한 발 다가가려 해도
추억의 자리만
서성인다

빈 손 가득 쥐어진
허무함만
긴 밤을 보낸다.

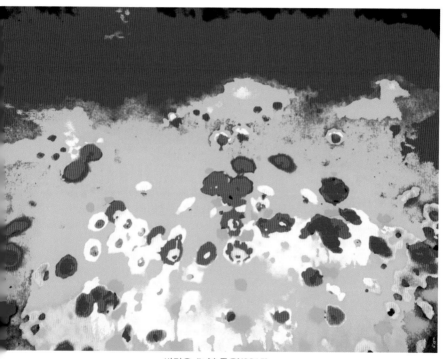

박덕은 作 [수줍음](2015)

님아

– 이호준

산자락에 내려앉은
기침 소리
새벽을 깨우면

뼛속까지 새겨진
사랑
영혼을 다독이고 있다오

애틋한 사연
하나씩 하나씩
메아리 되어
가슴속에 남아 있는데

꺼억꺼억
추억은
흐느끼고 있다오.

박덕은 作 [새벽을 깨우면](2015)

바람

하얀 시름에 잠기면
시간도 멈추고 공간도 멈춰 버려

한 줄기 울림마저도
들리지 않아

그런데
어쩌지

찢어진 우산도 없이
영혼을 적시는 너의 그리움은
어쩌지

꽃구름 날개 달고
붉게 일렁이는 나의 열정은
어쩌지

꺼지지 않는 영원한 불꽃을 피우기 위해
어둠 속에서 신음하고 있는 우리의 행복은
또 어쩌지.

박덕은 作 [바람](2015)

그리움

- 임진숙

갈라진 마음에서
피어오르는 먼지

온몸으로 내리는
뜨거운 바람

타오르는 열기에
갈증만 가득

뒷목 타고
오르는 나른함

꿈길 속에
묻혀 버린다.

박덕은 作 [꿈길](2015)

상사화

서 있구나
그 자리에
꼿꼿하게
외로움 감춘 채

서 있구나
그리워하다
기다림에 지쳐
그리 슬피 우는 모습으로

서 있구나
꽉 찬 목울음 참다못해 뿜어내며
격정의 찬란한 자태로
그렇게.

박덕은 作 [상사화](2015)

박덕은 作 [호수](2015)

그리움

- 장종섭

그대와
나
마음은 하나이건만

정겨이 두 손 잡고
달콤한 입맞춤에
기쁨 두둥실이길 바라건만

하나이지 못한
육신에
아려오는 심장이여

아우성 속으로
자꾸 휩쓸려 가는 세월
그 안타까운 쓸쓸함이여.

박덕은 作 [아우성](2015)

나도 애인이 있으면 좋겠다

- 장헌권

텅 빈 도시 섬에 쓸쓸함이 서성거립니다
너나들이 하며 잔잔한 얘기 나누면서
그저 무딘 가슴을 방망이질해 줄 수 있다면 좋겠습니다

나이를 다림질하면서 나를 허물어
싱그러운 추억의 서랍 속에 두고
자꾸만 꺼내 보고 싶습니다

서로 고개를 끄덕이는 민낯으로
뼛속 깊은 외로움이 몸부림칠 때

허름한 포장마차에 앉아
홀로 된 그리움으로
한올지게 감정을 쏟아 놓았으면 합니다

나라는 빗장을 열고
살갑게 다가가는 부드런 바람이 되어
부서진 가슴을 갈피갈피 더듬어 주었으면 좋겠습니다

날이 저무는 울적한 시간에는

눈물꽃으로 헌책에 밑줄을 그어 주는
연필이면 좋겠습니다

마음의 색깔이 녹슬어 지워지는
흔적을 읽어 시심을 수선해 주는 사람이면 좋겠습니다

이제 욕망의 질퍽한 늪 속에서
외로워서 하는 사랑은 사랑이 아님을
다시는 사랑 갖고 장난치지 말기를 약속하면서

가슴이 젖어
사랑의 집을 찬찬히 짓다가

두근두근거리는 마음이 들키는 날
사랑하다 죽어 버리겠습니다.

박덕은 作 [싱그러운 추억](2015)

나이가 말했다

- 전금희

한 걸음이
다섯 발자국만큼이나
뒤쳐져 보인다

걸음을 잠시 멈췄고
두 발을 물끄러미
내려다보아라

뭐 그게 그거지
어차피
가는 방향과 거린 같으니까

왼쪽 어깨에 닿았다가
오른쪽으로 사라지는
깃털 같은 시간 위를 걸으며

닿을 수 없는
간격을 탓만 하다가
그저 꾸던 꿈을 꾸기로 했다.

박덕은 作 [시간](2015)

빨간 목도리

- 전상문

사각사각 마주앉은
대바늘의 대화 속에는
분명
누군가에 대한 그리움이 있었다

늦가을걷이로 날갯짓하던
허허로운 들녘은
동심에게
마음 활짝 열어주는데

고개 너머 밤마실 간
그리움의 아지랑이는
몇 달이 지나도록
소식 없네

정성 담은
고사리손이 움직일 때마다
한 땀 한 땀
드러나던 눈빛

수줍은 설렘
돌돌 말아
설익은 풋사랑 속삭였지

강산이 여러 번 바뀌더니
드디어
무딘 감성이
굳었던 기지개 켜려나 보다.

박덕은 作 [동심에게](2015)

초연

- 전숙경

가슴 겸손히
가라앉히고

감정을
묻는다

도도함의 세월이
가도

순간순간 흘려 버린
아팠던 날들도

한낱 부질없이 그려진
추억 그림도

모두 묻어 버리고
출발점에 다시 선다.

박덕은 作 [초연](2015)

당신

까칠한 베갯잇 위로
촉촉이 내려앉는
밤

침묵으로 써 내려간
순수의 독백
피울까 말까 망설이다

혼이 부른 듯한
임의 숨결
다독이고 있네.

박덕은 作 [임의 숨결](2015)

친구야

- 전춘순

그리운 소리 듣고파
떠올리기만 해도 좋다

맘 아는 것처럼
울려오는 아름다운 추억

그리움이 쌓여
네 목소리 듣는다

소리 내어 울어 보지도
못한 채.

박덕은 作 [그리운 소리](2015)

장맛비

— 정경옥

가슴이 흠뻑 젖도록
마음을 여미고 또 여미어도
작은 기억은
다른 곳을 향하여 손짓한다

먹구름 제치며 마음에 꽃피우고
예쁜 향기 세상을 향하여
흩날리기를 기도하는데

추억 속에 스멀스멀 멀어져 간
꽃향기는 가슴을 저며 오고
고운 선율은 심지를 넣어
고독으로 불붙게 하고

물안개처럼 피어오르는 시간들은
스치는 건배잔 속으로 사라지며
빗소리에 깨어나는 은밀함과 함께
길 떠날 채비를 한다.

박덕은 作 [장맛비](2015)

설거지

– 정달성

물에 불리운
기다림이
감동 받아
화답하는 날

달그락 달그락
쏴~쏴~
묘한 이 행복
한강수 되어 흐르고

빡빡 문지르면
버티다 버티다
뽀드득 미끄러지는
아빠의 미소 소리.

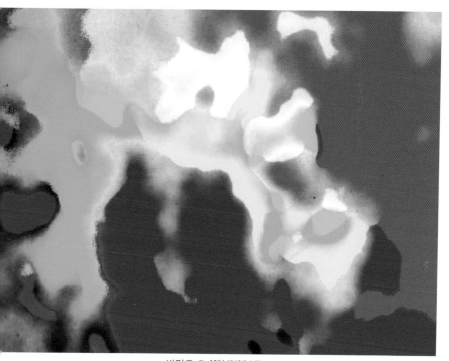

박덕은 作 [행복](2015)

동백꽃

붉은 치마 차려입고
노오란 그리움 입에 물고

이제나저제나
내 님 오려나

매화 향기에 취해
기다리는 것도 잊었나 봐.

박덕은 作 [기다리는 것](2015)

봄이 오는 소리

- 정순애

봄바람이
생글생글거리는 창가를 두드리면
취한 듯한 홍조 띤 행복이
빼꼼 얼굴을 내밉니다

소리 없이
찾아드는 미소가
얼어붙은 마음을 따스함으로
가득 채워 줍니다

언제나 그렇듯
그 자리 그곳에 머물지만
설렘으로 흠뻑 젖어
바보처럼 기다림을 배웁니다

손가락 사이로 깍지 낀
온기가 파고들어
바들바들 흔들리는 맘을
지탱해 줍니다

눅눅하고 나른한 시간도
사랑꽃 피워
산책길을
아름다운 공간으로 바꿉니다.

박덕은 作 [봄이 오는 소리](2015)

정 녕

— 정영남

사랑한다는 말 진실인가요
지켜보았노라 하니
의아하군요

내버려 두지 않았다니 사실인가요
이만큼 오도록
가만히 있었군요

손 내밀어 주었다니 진실인가요
온기조차
남아 있지 않아요

알지도 보지도 못하는 사이
넝마가 되었네요

처연한 눈빛으로
올려다볼 뿐.

박덕은 作 [정녕](2015)

동백꽃

- 정은희

붉디붉은 정열 토해내어
동지섣달 된바람에도
얼굴 꼿꼿이 치들더니

지난봄 시집온
점순이 신혼방에
알싸한 향내 깔아주네.

박덕은 作 [동지섣달](2015)

코스모스

- 정혜련

서러움 토해내는 듯
가냘픈 목 내밀어

비단빛 머리에 이고
하늘하늘 나풀거리네

에헤라
에헤라

외로움의
바람결에 기대어

곱디고운
쪽빛 하소연 휘날리며.

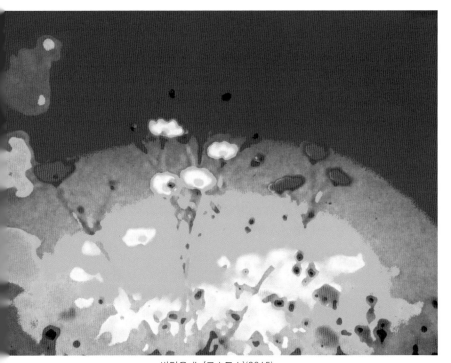

박덕은 作 [코스모스](2015)

봄비

- 정혜숙

이 빠진 옹기에 발을 딛고 이사 온 날부터
면벽의 시린 발로 팔랑거리는 귀문을 엽니다
이쁜 것도 자랑할 것도 없는 이름으로 살다가
눈에 띄지 않는 베란다 더 깊은 곳으로 멀어져 갑니다
그동안 푸르름 힘차게 외쳐 본 적도
눈웃음 살랑거리며 안부를 챙겨 본 적도 없습니다
행여, 항아리의 뒷자리마저 빼앗겨 버릴까 봐
입술 꾹 다문 채
믿음의 시간을 기다렸습니다
속눈썹에 맺힌 이슬 줄기들이
이마를 맞대고 다가와
금세라도 튕겨 나갈 것 같은 통증을
봄볕에 꾸들꾸들 말립니다
혈관이 굳어 조일 때마다
계절 뭉그려 자지러지는 바람 소리
한바탕 가슴골 훑고 지나가면
매화꽃 번쩍 눈을 뜹니다.

박덕은 作 [봄볕](2015)

금목서

- 정회만

곱디고운 가을 햇살 모아모아
황금빛으로
타오르는 그리움

마디마디
애틋한 사랑으로
그렁그렁거리더니

줄기마다 다닥다닥
가지마다 송글송글
천리만리 향긋이 물들이고 있네.

박덕은 作 [애틋한 사랑](2015)

홍수

- 조정일

눈물은 삼키고
물살은 휘감아치니

저 심근 깊숙이
새어나오는 연민

유유히 떠
세상을 이어주는 다리가 되다.

박덕은 作 [다리](2015)

담쟁이 덩굴

- 차은자

버려진 메마른 기억이
벽돌에 붙어 사색하며
나란히 걸어간다

세찬 바람에 앓다 앓다
움츠렸던 연민도
메아리 되어 따라간다

새벽이슬 품은 연둣빛
재잘거리는 소리에
푸르름의 촉수 콧등에 걸려 서성거린다

한쪽 구석에
삐쭉삐쭉 배회하는 터벅 걸음들
가시 박힌 멍 때린다

그저 하늘 햇살 먹으며
영혼을 자유케 하는
생명줄로 채워 간다.

박덕은 作 [담쟁이](2015)

봄날

- 최기숙

하염없이
흘러가고 있다

메마른 가지 위로
홀로 노래 부르며

물방울 스카프 두른 채
서럽게 서럽게.

박덕은 作 [봄날](2015)

낮달

- 최길숙

가는 길 잊었나요
밤새워 졸았나요
왜 아직 못 갔나요

무엇이 그리 아파
구름에 기대어 앉아
여지껏 상념에 잠겼나요.

박덕은 作 [낮달](2015)

님아

동트기도 전에
잠 깨우는
살가운 님아

살포시 귀에 대고
속삭이는 님아

설레는 소리
흥겨운 춤사위 같아요

온갖 꽃들이 필 때
종종거리는 달음박질
셀 수가 없지요

걸음걸음
심심밭에 심어
감동의 싹이 움텄나 봐요

사랑의 꽃향기
여기까지 풍기네요

알고 있나요
잔잔한 그리움으로
환한 가슴
물들이고 있다는 것을요.

박덕은 作 [님아](2015)

선운사 동백꽃

기와 주름 타고 내리는 풍경 소리 뒷편 숲에
젖앓이하던 봉우리들이 귀 쫑긋 세운다
살랑거린 노송의 머리카락에 묻어 온 내음이 꽃눈들을 움
켜쥐니
숲속에 흩어진 아우성들이 일렁일렁 떠다닌다

하얀 바람은
맛깔스런 몸짓으로 엉덩이를 내려치고
치맛자락 앙칼지게 펼치다가
동자승 곱게 익은 빨간 볼을 살짝 만지면서
계곡으로 향한다

노란 새벽하늘 북새 품에 사뿐히 내려앉아
곱디고운 붉은 꽃으로 한몸이 된
활짝 핀 불꽃은 꽃등 몰래 밟고 속세로 발길 옮긴다

그리워 선혈 토하다
목 꺾고 떨어진 동백새의 선홍빛 애절함이
하얀 꽃 내린 산사 활활 태운다.

박덕은 作 [산사](2015)

그리움

- 최승벽

접혔다 퍼지는
허공에도 문이 있다

조금씩 짙어짐은
휘어지는 그 끝을 견디는 일이다

쌓였던 보고픔도 잠시
흐릿한 그림자 쫓다가 누그러뜨린다

환하게 피어나는 기다림은
눈 시도록 푸르른 달덩어리로 가득 채웠으나

조잘거리는 자리는
아직도 빈 공간으로 남아 있다.

박덕은 作 [빈 공간](2015)

불면증

- 한승희

보고 싶은 얼굴도
듣고 싶은 목소리도
잠들어 버린 밤

벌거숭이 된
영혼은
인연의 끄나풀에
매달려
찬바람 맞으며
서 있다.

박덕은 作 [불면증](2015)

사랑이란 두 글자 남기며

- 형시원

세월이 흘렀건만
여전히
그대와의 발자취 남아 있네

지금은
남남으로 살지만
그 여운 영원하길

비록
무상함과 고독과의 싸움이
지겨울지라도.

박덕은 作 [사랑](2015)

세월호의 별

- 황애라

출렁이는 그곳 하늘 위에는
어느 날부터
눈물이 시린 별 되어
별자리를 찾아야 했다

가슴이 먹먹할 때마다
어딘가에 떠 있을
여리디여린 별들을
수소문해야 했고

그리움이
목울대를 치면
두 눈을 감고

보고파 아무 일도 할 수
없으면
그냥 바람이 되었다

둥둥 올려 보낸 사연이
스러지면

별빛도 스러졌고

그 바다의 울음이
쓰린 가슴속을 철썩대며
흘러들어 왔다.

박덕은 作 [세월호의 별](2015)

나이앓이

꽃이 피는 것을
보기만 해도
마음이 떨린다

마을 시냇가
물 흐르는 소리에도
가슴이 뛴다

꽃이 지는 것을
바라만 봐도
눈물이 흐른다.

박덕은 作 [나이앓이](2015)

봄비

오르고 오른 눈물이
내리는
아침

꽁꽁 묶어 놓은 두레박을
지금 이 땅 위에
내리소서

사랑이 그리워
차라리 눈을 감는
이들에게

두레박을
내리소서
지금 이 땅 위에.

186
동인지 제10집

박덕은 作 [아침](2015)

〈박덕은 프로필〉

* 시인
* 소설가
* 문학 평론가
* 희곡작가
* 동화작가
* 수필가
* 시조시인
* 사진작가(270점 전시회 발표)
* 화가(900점 전시회 발표)

* 전남대학교 문학석사
* 전북대학교 문학박사
* 前전남대학교 교수
* 前전남대학교 국어국문학과장
* 한실 문예창작 지도 교수
* 논술구술연구소 소장
* 문예창작연구소 소장
* 한국시연구회 이사
* 한국아동문학 동화분과위원장
* 아프리카TV BJ

* 향그런 문학회 지도 교수
* 부드런 문학회 지도 교수
* 둥그런 문학회 지도 교수
* 싱그런 문학회 지도 교수
* 포시런 문학회 지도 교수
* 멋스런 문학회 지도 교수
* 성스런 문학회 지도 교수
* 탐스런 문학회 지도 교수
* 길스런 문학회 지도 교수
* 꿈스런 문학회 지도 교수
* 꽃스런 문학회 지도 교수
* 바로 문학회 지도 교수

* [중앙일보] 신춘문예 문학평론 당선

* [전남일보](現: 광주일보) 신춘문예 동화 당선
* [창조문학신문] 신춘문예 시 당선
* [시문학] 시 추천 완료
* [문학공간] 소설 추천신인상
* [문학세계] 희곡 신인문학상
* [아동문예] 소년소설 신인문학상
* [문예사조] 수필 신인문학상
* [시와 시인] 시조 청학신인상
* [아동문학평론] 동시 신인문학상
* [아동문학] 동시 신인문학상
* [문학공간] 본상(장편소설) 수상
* 계몽사 아동문학상 수상(제11회)
* 한국 아동 문화상 수상
* 한국 아동 문예상 수상
* 아동문예작가상 수상(제10회)
* 광주 문학상 수상(제1회)
* 전라남도 문화상 수상(제35회)
* 하운 문학상 수상(제1회)

〈박덕은 문학 이론서 발간 현황〉

제1문학이론서 〈현대시창작법〉
제2문학이론서 〈현대 소설의 이론〉
제3문학이론서 〈문학연구방법론〉
제4문학이론서 〈소설의 이론〉
제5문학이론서 〈현대문학비평의 이론과 응용〉
제6문학이론서 〈문체론〉
제7문학이론서 〈문체의 이론과 한국현대소설〉
제8문학이론서 〈한국현대소설의 이론과 적용〉
제9문학이론서 〈시의 이론과 창작〉
제10문학이론서 〈해금작가작품론〉
제11문학이론서 〈디코럼 언어영역〉
제12문학이론서 〈논술 고사 정복〉
제13문학이론서 〈심층면접 구술 고사 정복〉
제14문학이론서 〈둥글파 언어영역〉
제15문학이론서 〈논술교실〉
제16문학이론서 〈꿈샘 논술〉

〈박덕은 시집 발간 현황〉

제1시집 〈바람은 시간을 털어낸다〉

제2시집 〈거시기〉

제3시집 〈무지개 학교〉

제4시집 〈케노시스〉

제5시집 〈길트기〉

제6시집 〈갇힘의 비밀〉

제7시집 〈소낙비 오는 정오에〉

제8시집 〈자유人.사랑人〉

제9시집 〈나찾기〉

제10시집 〈지푸라기〉

제11시집 〈동심이 흐르는 강〉

제12시집 〈자그만 숲의 사랑 이야기〉

제13시집 〈사랑한다는 것은〉

제14시집 〈느낌표가 머무는 공간〉

제15시집 〈그대에게 소중한 사랑이 되어.1〉

제16시집 〈그대에게 소중한 사랑이 되어.2〉

제17시집 〈둥지 높은 그리움〉

제18시집 〈곶감 말리기〉

제19시집 〈사랑의 블랙홀〉

제20시집 〈나는 그대에게 늘 설레임이고 싶다〉

제21시집 〈내 가슴이 사고 쳤나 봐〉

제22시집 〈당신〉

제23시집 〈나는 매일 밤 바람과 함께 사라진다〉

〈박덕은 소설집 발간 현황〉

제1소설집 〈죽음의 키스〉

제2소설집 〈양귀비의 고백〉(풍류여인열전.1)

제3소설집 〈황진이의 고독〉(풍류여인열전.2)

제4소설집 〈일타홍의 계절〉(풍류여인열전.3)

제5소설집 〈이매창의 사랑일기〉(풍류여인열전.4)

제6소설집 〈서울아라비아나이트〉

제7소설집 〈금지된 선택〉

〈박덕은 번역서 발간 현황〉

제1번역서 〈소설의 이론〉

제2번역서 〈철학의 향기〉

제3번역서 〈사랑하는 사람 가슴에 심어주고픈 말〉

제4번역서 〈철학자의 터진 옷소매〉

제5번역서 〈세계 반란사〉

제6번역서 〈한국 반란사〉

〈박덕은 아동문학서 발간 현황〉

제1아동문학서 〈살아있는 그림〉

제2아동문학서 〈3001년〉

제3아동문학서 〈무지개학교〉

제4아동문학서 〈동심이 흐르는 강〉

제5아동문학서 〈곶감 말리기〉

제6아동문학서 〈서울 걸리버 여행기〉261

제7아동문학서 〈돼지의 일기〉

제8아동문학서 〈해외 신화〉

제9아동문학서 〈마녀 헤르소의 모험〉(1권)

제10아동문학서 〈마녀 헤르소의 모험〉(2권)

〈박덕은 교양서 발간 현황〉

제1교양서 〈해학의 강〉

제2교양서 〈바보 성자〉

제3교양서 〈미네르바의 부엉이는 황혼녘에 날은다〉

제4교양서 〈멋진 여자, 멋진 남자〉

제5교양서 〈우화 천국〉

제6교양서 〈나만 불행한 게 아니로군요〉

제7교양서 〈나만 행복한 게 아니로군요〉

제8교양서 〈나만 어리석은 게 아니로군요〉

제9교양서 〈행복한 바보 성자〉

제10교양서 〈느낌이 있는 꽃〉

제11교양서 〈흔들림이 있는 나무〉

제12교양서 〈사랑하는 사람 가슴에 심어주고픈 말〉

이상 총 저서 125권 발간

한실 문예창작 문우들의 빛나는 열매들

지도 교수 박덕은 박사의 제자들 신인문학상 수상 현황

☆ 시 부문 신인문학상 수상자 ☆

김이향 시인(한실문예창작 탐스런 문학회)

유양업 시인(한실문예창작 탐스런 문학회)

최길숙 시인(한실문예창작 포시런 문학회)

이미자 시인(한실문예창작 포시런 문학회)

박금자 시인(한실문예창작 향그런 문학회)

김송월 시인(한실문예창작 탐스런 문학회)

김관훈 시인(한실문예창작 포시런 문학회)

전춘순 시인(한실문예창작 포시런 문학회)

배종숙 시인(한실문예창작 성스런 문학회)

김부배 시인(한실문예창작 포시런 문학회)

윤희정 시인(한실문예창작 향그런 문학회)

한승희 시인(한실문예창작 둥그런 문학회)

정경옥 시인(한실문예창작 둥그런 문학회)

황조한 시인(한실문예창작 둥그런 문학회)

정봉애 시인(한실문예창작 싱그런 문학회)

전지현 시인(한실문예창작 싱그런 문학회)

전숙경 시인(한실문예창작 포시런 문학회)

정회만 시인(한실문예창작 부드런 문학회)

조정일 시인(한실문예창작 둥그런 문학회)

박향미 시인(한실문예창작 부드런 문학회)

정점례 시인(한실문예창작 부드런 문학회)

박계수 시인(한실문예창작 부드런 문학회)

황애라 시인(한실문예창작 부드런 문학회)

위향환 시인(한실문예창작 둥그런 문학회)

차은자 시인(한실문예창작 향그런 문학회)

이후남 시인(한실문예창작 포시런 문학회)

정순애 시인(한실문예창작 싱그런 문학회)

최기숙 시인(한실문예창작 부드런 문학회)

전금희 시인(한실문예창작 포시런 문학회)

이숙재 시인(한실문예창작 포시런 문학회)

임병민 시인(한실문예창작 부드런 문학회)

강현옥 시인(한실문예창작 포시런 문학회)

백인옥 시인(한실문예창작 포시런 문학회)

손수영 시인(한실문예창작 부드런 문학회)

이현숙 시인(한실문예창작 부드런 문학회)

김태환 시인(한실문예창작 포시런 문학회)

서정화 시인(한실문예창작 싱그런 문학회)

송인영 시인(한실문예창작 부드런 문학회)

문혜숙 시인(한실문예창작 둥그런 문학회)

문재규 시인(한실문예창작 포시런 문학회)

신점식 시인(한실문예창작 포시런 문학회)

주경숙 시인(한실문예창작 포시런 문학회)

주경희 시인(한실문예창작 포시런 문학회)

이두원 시인(한실문예창작 둥그런 문학회)

고경희 시인(한실문예창작 둥그런 문학회)

이연정 시인(한실문예창작 둥그런 문학회)

최태봉 시인(한실문예창작 싱그런 문학회)

문인자 시인(한실문예창작 싱그런 문학회)

김미경 시인(한실문예창작 둥그런 문학회)

임종준 시인(한실문예창작 해돋이 문학회)

윤상현 시인(한실문예창작 해돋이 문학회)　　소귀옥 시인(한실문예창작 싱그런 문학회)
권자현 시인(한실문예창작 해돋이 문학회)　　박봉은 시인(한실문예창작 포시런 문학회)
정연숙 시인(한실문예창작 둥그런 문학회)　　김은주 시인(한실문예창작 둥그런 문학회)
형광석 시인(한실문예창작 둥그런 문학회)　　장헌권 시인(한실문예창작 해돋이 문학회)
김현정 시인(한실문예창작 둥그런 문학회)　　김용숙 시인(한실문예창작 부드런 문학회)
문영미 시인(한실문예창작 싱그런 문학회)　　임순이 시인(한실문예창작 싱그런 문학회)
이숙희 시인(한실문예창작 싱그런 문학회)　　김영욱 시인(한실문예창작 해돋이 문학회)
허소영 시인(한실문예창작 해돋이 문학회)　　김영순 시인(한실문예창작 둥그런 문학회)
백옥순 시인(한실문예창작 향그런 문학회)　　김혜숙 시인(한실문예창작 둥그런 문학회)
이서영 시인(한실문예창작 싱그런 문학회)　　김순정 시인(한실문예창작 향그런 문학회)
이호준 시인(한실문예창작 향그런 문학회)　　고명순 시인(한실문예창작 둥그런 문학회)
박홍순 시인(한실문예창작 둥그런 문학회)　　김옥희 시인(한실문예창작 둥그런 문학회)
박은영 시인(한실문예창작 향그런 문학회)　　강정숙 시인(한실문예창작 부드런 문학회)

☆ 수필 부문 신인문학상 수상자 ☆

김태현 수필가(한실문예창작 탐스런 문학회)
최세환 수필가(한실문예창작 탐스런 문학회)
유양업 수필가(한실문예창작 탐스런 문학회)
임희정 수필가(한실문예창작 탐스런 문학회)
김미경 수필가(한실문예창작 탐스런 문학회)

지도 교수 박덕은 박사의 제자들 작품집 발간 현황

☆ 유양업 시집 [오늘도 걷는다]

☆ 전춘순 시집 [내 사람 될 때까지]

☆ 김부배 시집 [첫사랑]

☆ 한실문예예창작 동인지 제9집 [보고픔이 자라고 자라서]

☆ 박봉은 제5시집 [유리인형]

☆ 김영순 제2시집 [풀꽃향 당신]

☆ 최기숙 시집 [마냥 좋기만 한 그대]

☆ 한실문예예창작 동인지 제8집 [꽃만 봐도 서러운 그날]

☆ 박봉은 제4시집 [비밀 일기]

☆ 최승벽 시집 [할 말은 가득해도]

☆ 이호준 시집 [단 한 번 사랑으로도]

☆ 문재규 시집 [바람이 열어 놓은 꽃잎]

☆ 이후남 시집 [쓸쓸함에 대하여]

☆ 전금희 시집 [가을은 어디나 빈자리가 없다]

☆ 주경희 시집 [작아지고 싶다]

☆ 신점식 시집 [이 환장할 봄날에]

☆ 박봉은 제3시집 [당신에게/하나]

☆ 한실문예예창작 동인지 제7집 [아직도 사랑인가 봐]

☆ 김미경 동시집 [유모차 탄 강아지]

☆ 박완규 시집 [사랑의 빈자리 될까 봐]

☆ 김순정 시집 [세월이 품은 그리움]

☆ 김숙희 시집 [또 한 번 스무 살이 되고 싶은 밤]

☆ 강만순 시집 [화장을 지우며]

☆ 장헌권 시집 [시가 영화를 만나다]

☆ 박봉은 제2시집 [아시나요]

☆ 권자현 시집 [사색은 강물 따라]

☆ 정연숙 시집 [늘 곁에 있는 다른 나처럼]

☆ 형광석 시집 [입술이 탄다]

☆ 박봉은 제1시집 [당신만 행복하다면]

☆ 김성순 시집 [하얀 속울음까지 들켜 버렸잖아]

☆ 김영순 제1시집 [고목나무에 꽃이 핀 사연]

☆ 김태환 소설집 [바람벽]

☆ 고희남 수필집 [바람난 비둘기]

☆ 김현주 동시집 [마법 같은 하루]

지도 교수 박덕은 박사의 제자들 문학상 수상 현황

☆ 미래에셋 예술 공모전 우수상 수상- 신명희(한실문예창작 탐스런 문학회)

☆ 미래에셋 예술 공모전 최우수상 수상- 김태현(한실문예창작 탐스런 문학회)

☆ 국민일보 신춘문예 수상- 황애라(한실문예창작 부드런 문학회)

☆ 백호백일장 대회 수상- 장순자(한실문예창작 부드런 문학회)

☆ 신진예술가상 수상- 강현옥(한실문예창작 부드런 문학회)

☆ 동서문학상 수상- 정예영(한실문예창작 둥그런 문학회)

☆ 장애인 고용지원 인식개선 문화제 수상- 김미경(한실문예창작 둥그런 문학회)

☆ 전국장애인근로자문화제 수상- 김미경(한실문예창작 둥그런 문학회)

☆ 국민일보 신춘문예 수상- 정예영(한실문예창작 둥그런 문학회)

☆ 창조문학신문 신춘문예 수상- 이지혜(한실문예창작 향그런 문학회)

☆ 창조문학신문 신춘문예 수상- 김정순(한실문예창작 둥그런 문학회)

☆ 동서문학상 수상- 임미형(한실문예창작 향그런 문학회)

☆ 크리스천 신춘문예 수상- 이인덕(한실문예창작 향그런 문학회)

☆ 국시원 공모 수상- 강현옥(한실문예창작 부드런 문학회)

☆ 동서문학상 맥심상 수상- 강만순(한실문예창작 싱그런 문학회)

☆ 시립합창단 노랫말 공모 수상- 김성순(한실문예창작 싱그런 문학회)

☆ 한꿈 한마당 백일장 수상- 임미형(한실문예창작 향그런 문학회)

☆ 한꿈 한마당 백일장 수상- 양은정(한실문예창작 싱그런 문학회)

☆ 한꿈 한마당 백일장 수상- 임순이(한실문예창작 싱그런 문학회)

☆ 한꿈 한마당 백일장 수상- 박윤오(한실문예창작 향그런 문학회)

☆ 한꿈 한마당 백일장 수상- 진자영(한실문예창작 향그런 문학회)

☆ 한꿈 한마당 백일장 수상- 소귀옥(한실문예창작 싱그런 문학회)

☆ 한꿈 한마당 백일장 수상- 김혜숙(한실문예창작 둥그런 문학회)

☆ 한꿈 한마당 백일장 수상- 김영순(한실문예창작 탐스런 문학회)

☆ 한꿈 한마당 백일장 수상- 김영욱(한실문예창작 향그런 문학회)

☆ 한꿈 한마당 백일장 수상- 김성순(한실문예창작 부드런 문학회)

☆ 한실문학상 대상- 김용숙(한실문예창작 부드런 문학회)

☆ 한실문학상 최우수상- 임미형(한실문예창작 향그런 문학회)

☆ 한실문학상 우수상- 이훈(한실문예창작 부드런 문학회)

☆ 약사 문예상 수상- 김성순(한실문예창작 싱그런 문학회)

☆ 전북 여성백일장 대회 수상- 최자현(한실문예창작 싱그런 문학회)

☆ 제9회 동서커피문학상 수상- 양은정(한실문예창작 싱그런 문학회)

☆ 광주 여성백일장 대회 수상- 김아름(한실문예창작 둥그런 문학회)

☆ 전남 여성백일장 대회 수상- 박미선(한실문예창작 부드런 문학회)

☆ 광주 문인협회 백일장 대회 수상- 김용숙(한실문예창작 부드런 문학회)

☆ 광주 문인협회 백일장 대회 수상- 이지혜(한실문예창작 향그런 문학회)

☆ 광주 문인협회 백일장 대회 수상- 홍금주(한실문예창작 부드런 문학회)

☆ 광주 문인협회 백일장 대회 수상- 이남옥(한실문예창작 둥그런 문학회)

☆ 광주 문인협회 백일장 대회 수상- 박윤오(한실문예창작 향그런 문학회)

☆ 광주 문인협회 백일장 대회 수상- 임미형(한실문예창작 향그런 문학회)

☆ 광주 시인협회 백일장 대회 수상- 임미형(한실문예창작 향그런 문학회)

☆ 국립공원 시인마을 작품 공모전 수상- 정영숙(한실문예창작 싱그런 문학회)

☆ 국립공원 시인마을 작품 공모전 수상- 신명희(한실문예창작 탐스런 문학회)

☆ 국립공원 시인마을 작품 공모전 수상- 형재은(한실문예창작 부드런 문학회)

☆ 전남광주 여성 백일장 대회 수상- 김성순(한실문예창작 부드런 문학회)

☆ 전남광주 여성 백일장 대회 수상- 양은정(한실문예창작 싱그런 문학회)

☆ 제8회 시흥시 문학상 수상- 김성순(한실문예창작 부드런 문학회)

한실 문예창작 문우들의 작품집

오늘의 詩選集 Series

오늘의 詩選集 제1권

화장을 지우며

강만순 지음 / 144면

오늘의 詩選集 제2권

또 한 번 스무 살이 되고 싶은 밤

김숙희 지음 / 160면

오늘의 詩選集 제3권

사랑의 빈자리 될까 봐

박완규 지음 / 144면

오늘의 詩選集 제4권

유모차 탄 강아지

김미경 지음 / 112면

오늘의 詩選集 제5권

이 환장할 봄날에

신점식 지음 / 176면

오늘의 詩選集 제6권

작아지고 싶다

주경희 지음 / 176면

오늘의 詩選集 제7권

가을은 어디나 빈자리가 없다

전금희 지음 / 176면

오늘의 詩選集 제8권

쓸쓸함에 대하여

이후남 지음 / 176면

오늘의 詩選集 제9권

바람이 열어 놓은 꽃잎
문재규 지음 / 220면

오늘의 詩選集 제10권

단 한 번 사랑으로도
이호근 지음 / 176면

오늘의 詩選集 제11권

할 말은 가득해도
최승벽 지음 / 176면

오늘의 詩選集 제12권

비밀 일기
박봉은 지음 / 176면

오늘의 詩選集 제13권

꽃만 봐도 서러운 그날
한실 문예창작 동인지 제8집

오늘의 詩選集 제14권

마냥 좋기만 한 그대
최기숙 지음 / 176면

오늘의 詩選集 제15권

풀꽃향 당신
김영순 지음 / 176면

오늘의 詩選集 제16권

유리인형
박봉은 지음 / 176면

오늘의 詩選集 제17권

보고픔이 자라고 자라서
한실 문예창작 동인지 제9집

오늘의 詩選集 제18권

첫사랑
김부배 지음 / 176면

오늘의 詩選集 제19권

나는 매일 밤 바람과 함께 사라진다
박덕은 지음 / 240면

오늘의 詩選集 제20권

오늘도 걷는다
유양업 지음 / 176면

오늘의 詩選集 제21권

내 사람 될 때까지
전춘순 지음 / 176면

오늘의 詩選集 제22권

한실문예창작 동인지 제10집
한실 문예창작 동인지 제10집

개별 작품집

고목나무에 꽃이 핀 사연
김영순 시집

당신만 행복하다면
박봉은 제1시집

시가 영화를 만나다
장헌권 시집

아시나요
박봉은 제2시집

하얀 속울음까지 들켜 버렸잖아
김성순 시집

당신에게,하나
박봉은 제3시집

세월이 품은 그리움
김순정 시집

사색은 강물 따라
권자현 시집

입술이 탄다
형광석 시집

내가 머무는 곳
신순복 시집

늘 곁에 있는 다른 나처럼
정연숙 시집

당신
박덕은 시집

한실 문예창작 동인지

한실 문예창작 동인지 제1집
『한꿈』

한실 문예창작 동인지 제2집
『한꿈』

한실 문예창작 동인지 제3집
『당신의 쓸쓸함은 안녕하십니까』

한실 문예창작 동인지 제4집
『목련은 흔들리고 있다』

한실 문예창작 동인지 제5집
『그래도 한쪽 가슴은 행복합니다』

한실 문예창작 동인지 제6집
『좋은 걸 어떡해』

한실 문예창작 동인지 제7집
『아직도 사랑인가 봐』

한실 문예창작 동인지 제8집
『꽃만 봐도 서러운 그날』

한실 문예창작 동인지 제9집
『보고픔이 자라고 자라서』

한실문예창작 동인지 제10집
『한실문예창작 동인지 제10집』